青垣叢書第二四二篇

歌集

椎の若葉

加茂信昭

現代短歌社

諏訪山山頂の東屋よりの眺望
画、岩佐立一朗

目次

椎の若葉

平成二十二年

稚内雑詠

家裏の小庭を占めて並べ干す昆布はつやめく朝のひかりに

青深き海のはたてに淡くひくく見ゆるは雲か樺太の山か

アイヌ人を土人と記す由緒書文字くきやかに境内に立つ

押し寄する和人にいづく追はれしか「ワッカナイ」「ノシャップ」の地名遺して

なつかしむごとく二風谷《にぶだに》とひと言ひき二風谷はアイヌの遠きふるさと

崖下の狭き平に家建てて並べ売りをり利尻の昆布を

抜海《ばっかい》

抜海とふ集落ならむ道の果て海にせり出す低き家並は

何もないからよいのですと記しあり無人の木造駅舎に

高き利尻に隣れる島は礼文島いぢけるごとく低く起き伏す

坂の上に陽炎揺らぐ炎天下ひとは働く道路工事に

花のとき過ぎて静かなる野の果てにサイロは立てり赤く小さく

ステント

ナースとなりわれに来たりぬちよろちよろと落ち着かざりし生徒なりしを

脱いでくださいと言はるるままにパンツ脱ぐ病めばおのづと素直になりて

かく汝に看取らるるとは思はざりき教へし汝がわれの脈とる

無理のきかぬ身とはなりたりとりあへず冠動脈は広がりたれど

おもむろに立ち上がるときステントは血管の中いかにあるらむ

歩くことはかくも楽しきものなのか五分歩きて痛み兆さず

日日

「僕はいつたい何だつたんでせう」きよとんとしつつ前総理言ふ

胡錦濤の前に小さく俯きて菅総理ひたすらメモを読み上ぐ

いましばし勤めゆかんか小さなる錠剤七つに日日を頼みて

病気一つ持てば長生きするものと友らこもごも慰めくれぬ

をさな女の手を引きわれを訪ねしを命絶ちたり二年の後

雑司ヶ谷

南向きに小さきベランダしつらへてわが住みし部屋今に残れり

確か此処に銭湯「日の出」のありしかど朝日を受けてマンションが建つ

この御堂の土産と常に売られゐしすすきみみづくの丸き目いづく

苦しかりし日日のすさびともとほりき鬼子母神また雑司ヶ谷墓地

ズック履く先生の足取り軽かりき雑司ヶ谷より鬼子母神まで

その目細く鋭かりにきこの路地にすれ違ひたる柳家小さん

大房《たいぶさ》岬

鶺鴒の尾を振り遊ぶなだらかに海に傾く岬の原に

屈みつつ団栗拾ふ園児らの声は岬の森にさざめく

なだらかに海に傾く芝の原東屋がぽつり日を浴びてゐる

洲崎《すのさき》はけぶりつつ見ゆ見の限り波頭たつ海のむかうに

日に乾く海食崖のがけの上いつよりか白き別荘が建つ

この水に役行者の打たれしか不動の滝もいまはか細し

まつり

真榊に白妙の幣《ぬさ》取りかけて神を招かむ神籬《ひもろぎ》を立つ

透き通る秋の光の差すところ斎庭《ゆには》となして忌竹《いみだけ》を刺す

葉振りよき榊切らんとあけぼのの霧ただよへる杜に入りゆく

幣振ればさやけき音す罪けがれ祓はむとする朝の斎庭に

露に濡れ採りて来たりぬ新嘗《にひなめ》の祭に供へむ厚き椎茸

三方に載せて供へし鏡餅転がる見れば猫の来たるか

沼を吹く風

沼を吹く風のまにまに浮く鴨の紺のかしらは時に輝く

川渡る風のまにまに輝ける水面に今朝は遊ぶ鴨見ず

沼の面を吹きし疾風《はやて》のしづまりて鴨浮くところ光さざめく

篁の蔭のよどみに風避けて鴨らは遊ぶ冬のあしたを

子鴨らの水に遊べばたつ波紋短く消えぬ小さく揺らぎて

平成二十三年

猪

宵宵に来たる猪山つつじを根こじにこじて何を楽しむ

山宮の庭を一瞬駆け過ぎぬ母に続きて子猪《じし》二匹が

しづかなる睦月の朝に轟けり猪を撃つ銃声二発

大きなる影とし見るにおもむろに夜の舗道を猪《しし》わたりゆく

何すともなく

何すともなく登り来し山の宮手水舎に散る落ち葉をすくふ

白銀《しろがね》の産毛朝あさ膨らみて辛夷の花芽明日か開かむ

山宮の庭掃き終へて憩ふころ朝日は昇る椎の木の間に

神葬祭

君が一生《ひとよ》を讃へて祭詞書き終へぬ農一筋の君が一生を

わが筆に諡《おくりな》を書きしこの霊璽《れいじ》拙き文字と人は見るらむ

亡き人の御霊《みたま》を遷し奉らむと柩のうへに霊璽据ゑ置く

眉引きのけぶるがごとき額のうへ霊璽の覆ひ除きまゐらす

さみどりの榊の枝に紙垂《しで》結び玉串捧ぐ君が御霊に

老犬コロ

風に毛をなびかせて野を駆けしかど今は階昇るよたりよたりと

老犬を抱へて登り来し宮の椎の林に梟が鳴く

四つ足を実に器用に動かして老犬コロが階下りゆく

からうじて若さ残るかよたよたと尻尾振りつつ雌に近づく

袋には加茂コロ殿と書かれあり整腸剤七錠貰ひて帰る

吠ゆるなく一日は暮れぬ長く長く遠吠え続く夜もありしかど

退職を決む

勤むるも余すは三月朝の日に輝く海に向かひて下る

教室に見据ゑ立ちたりてめへと叫びて近づき来る少年を

ただ疲れ授業終へ来ぬ落ち着かぬ生徒二人に振り回されて

黒板の溝にたまれるチョークの粉すくひとるのも余すは十日

つくづくと教職に向かぬわが性か務め来たりぬ三十六年

平久里川《へぐり》

鴨と鶫とこもごも潜く平久里川青鷺が一羽土手に見て立つ

何頻りに漁りゐるにか頭《かしら》より水に突つ込み逆立つ一羽

鴨の発つ羽音忙しき川の面《も》に浮かびては潜く鵜は一羽にて

夜すがらの風静まりし平久里川鴨らがたてる波紋光れり

川の面を幾羽掠めてゆく鴨の影は揺らめく波のまにまに

きららかに光弾くる水のうへ遊べる鴨はくらき影なす

教職を去る

大きなる声に歌ひて妨害するこの生徒らも救へといふか

両耳に光るピアスをぶら下げて足音高く教室に来る

彼も彼も家庭崩壊の犠牲者と思へばいくらかは怒り収まる

同僚の声騒がしき職員室を離れて書きぬ辞職願を

生徒数二十八名の夜学にてわが教職の勤め終はりぬ

長き長き引きこもりより立ち直る生徒幾たりのさまも見て来ぬ

作業服汚るるままに入り来たる少年はすぐ机に伏しぬ

教室に遅れ入り来ぬ炎天下の土木工事にひと日励みて

一年を半ズボンにて通ひ来しこの生徒も深く心を病めり

暗き校舎の一角を明かく灯しつつ教へきたりぬ小さき夜学に

声高く校歌うたはむ今日今宵夜学をへゆく六人と共に

コピーせし感謝状など渡されて退職辞令交付式終る

同僚五人の拍手に今日は送られてこの校を去る教職を去る

大津波

迫り来る津波のさなか戻り来て家に入りゆく女映さる

濁りつつ襲ふ津波は家を呑み車呑み人間三万を呑む

千年に一度《ひと》といふ大津波防潮堤二つこともなく越ゆ

生と死は一瞬にして隔つのかふと摑みたるものに救はる

濁流に浮きつ沈みつコンテナも家も車も流されてゆく

術もなく人は見下ろす激流に轟きて街の崩るるさまを

激流のまにまに流れ来し家が家にぶつかる音ぞ響かふ

煙塵を上げて襲ひくる大津波先端が街にたちまち迫る

見のかぎり瓦礫の原となりし辺に桜一枝《いつし》の花開きたり

この街を必ず復興させますといふはてなき瓦礫の原を後ろに

こともなく思惟を超えたる大津波ああ屋根の上に船が乗つてる

大津波に瓦礫となりし家あとに肩寄せて立つ父とその児が

はてしなき瓦礫の原に轟きてショベルカーまづ動き始めぬ

赤き鳥居すくと立ちたり大津波のなべて瓦礫となしたるなかに

水仙

被災者より贈られし水仙しかと握り皇后はお車に乗りたまひけり

おのづから頭《づ》をさげたまふ大津波に人ら呑まれしその海に向きて

あぐらかき待つ若きらにもろ膝をつきてしづかに語らせたまふ

五月の朝

屈みつつ早苗植うるは誰ならむ水にさやかに影さしながら

職退きてひと月過ぎぬ右ひだり雲雀囀る農道をゆく

夜を通し田に引き入れし水のうへいちはやく鴨の夫婦が遊ぶ

四十雀なにをしき啼く諏訪山の若葉の杜に雨は降りつつ

悠然と若葉の山を過ぎゆきし青鷺いづくの水に降り立つ

道ゆけば共にうつらふ朝日かげ畦越えて次の水田に移る

ほこりかに藤は咲きたりその蔓に小楢の幹を締めつけながら

霧雨の椎の若葉を濡らす朝コゲラが幹を叩く音する
伝はる命

金を早く口座に入れよといふメール子より届きぬこの月もまた

パートナーと幾度も言ふこのキャスターなぜに言はざるあなたの夫と

お代はりはだいじよぶですかと問はれたり「だいじよぶですか」とは何をいふ

大津波に万の命を呑み込みし海に恨みはなしと言ふなり

かぶと虫に目をこらす東北の子らのさま記しあり「日本奥地紀行」に

私には子や孫がゐると人言へり伝はる命つゆ疑はず

けぢめなき国

けぢめなき国となりたりペテン師と前の首相が首相さげすむ

首相の座降りよ降りぬとかまびすし万余の遺体を置き去りにして

諏訪山の影

梅雨明けし今日の朝あけ諏訪山の影が映れり稲田の上に

くきやかに今朝は見えたり残雪のひと筋白き薄藍の富士

ひたすらに手を振り歩く人の見ゆ雲雀囀る稲田の向かうに

今年初めて青葉の陰に毬つけぬ桃栗三年の伝へどほりに

ヘルニア

画像明るく照らして示す腰椎にまざまざとしてヘルニアの影

狭心症ことしヘルニア六十の坂を越ゆるはたはやすからず

ヘルニアはいづくの国の言葉にか臥して詮なきことをぞ思ふ

石尾根も雲取山も遠くなりぬ日日絶ゆるなき足の痛みに

神経の痛みも気まぐれといふべきか今朝は足首のあたりが痛し

ガラス越しに

ガラス越しに手を振る四人つくづくと見れば教へし娘どもなり

私たち四人の名前を言ひて見よと教へし子らに不意に言はれぬ

私の名思ひ出してとアイシャドウ濃き眼差しをわれに向けくる

最前列の席に授業を聴きてゐし顔とわかれど名は忘れたり

活け作り

花火大会過ぎて静けき朝の海客船日本丸が動き始めぬ

病む母の鍬取り上げて隠しにし友も逝きたり母よりも先に

お帰りと言ふをし聞けば活け作りの岩魚唐揚げになりて出で来る

わが里に絶えて久しもはつ夏の朝をめぐる鯨売りのこゑ

渡島雑詠

海胆《うに》を採る舟にかあらむ小さなる磯のあはひをたゆたひながら

山が海にただにおちむとするところ乾きて低き家並みは見ゆ

何をよすがに人は生くらむ朝かげに照りて静けし海も家《や》並みも

朝のひかり輝きわたる海の果て低く霞むは奥尻島か

低く小さく入り江を隔て村は見ゆ羆《ひぐま》棲む山を高く背負ひて

あはれとも哀しとも見ゆ餌欲ると立ちて手招く羆らのさま

この蒼き海越えて義経の来たりしと人は伝え来よるべなき村に

沖べより海盛り上がり寄せしとふ鰊も絶えぬ日に照らふ海

ムックリ

かたくなにおのが出自を言はざりしアイヌ青年の話聞きたり

月明かき磯にムックリを引き鳴らすをとめも遠し虻田コタンも

蔓に編みしこの揺りかごに眠りけむアイヌの子らの寝顔たちくる

追はれきて終の住処と定めけむ沙流《さる》川の水清きほとりを

イザベラ・バード文に残せり夜を通し夫の衣縫ふアイヌの女を

雲取山荘

米栂の木の間に昇る月も見き雲取山荘にひと夜宿りて

雌を呼ぶ小牡鹿《さをしか》のこゑ音絶えし黒檜の森をひとり下れば

谷隔て富士を見さくる岩のうへ羚羊《かもしか》は固き糞を残せり

頂の岩に憩はむとするわれや不意に飛びきたる蜂に身構ふ

いく曲がり黒檜の森を続く道苔の緑に日が差してきぬ

くだりつつ心は憩ふ岩を被ふ苔の緑にナナカマドの実に

山の上にひとりに憩ふわれなるに不意にポケットの携帯が鳴る

どんぶりに朝飯二杯平らげて青年は飛龍山に発ちてゆきたり

山毛欅《ぶな》の黄葉

一人なればつんのめつても気楽にておもむろにわが立ち上がりたり

あれが奥といふ集落か山腹にへばりつきたり二十戸あまり

杉の木に月の輪熊が寄りかかり背を擦りしはこのあたりにか

熊避けの鈴を鳴らして下り行くはや日翳りし杉の木下を

段なして岩間を落つる水のうへ山毛欅の黄葉は散りつつ止まず

平成二十四年

狸とアナグマ

出会ひたることもあるべしこの杜を住処としたる狸アナグマ

ゆき合へる狸アナグマ睨みつついづれか先に眼をそらす

猫エイズ

あはれともおもしろしとも人ならぬ猫にもエイズありとこと聞け

今日よりはエイズキャリアとなれる猫腕に抱けば瞬きをしぬ

ストレスをためぬ暮らしをと医師言へりエイズとなれる猫を見つめて

死にゆくはいづれが先かエイズなる家猫こまと心《しん》病むわれと

おのが名を知るや知らずやこまと呼べば寝そべるままにニャーと鳴きたり

けだものの猫といへどもエイズありウイルス性白血病あり

家猫こま

やれやれと思《も》ふにかあらむ死にどころ見出でて猫の横たはるとき

ぴんと張る鬚にはひげの能ありて家猫こまは日日育ちゆく

言ひがたき不思議といはむ身体髪膚すべて名のあり名ごと能あり

作られしかおのづからにし生まれしか耳の働き鬢のはたらき

起き出でて背伸びし柱に爪を研ぐその効用はおのれ知るなく

今頃は去勢されゐむ家猫のいかなる顔になりていでくる

まろまろと鏡の前に眼を開く猫はおのれの顔何と見る

猫と生まれ猫と過ぎゆく日日なるか猫自らは猫と知るなく

不如帰の声

夜深く覚むれば聞こゆ啼きうつる不如帰のこゑ遠くかすかに

不如帰の高き初声この国の月にほのめく水わたりゆけ

蛙のこゑほととぎすのこゑ木莵《づく》のこゑ月は水田の面照らしゐむ

牛蛙太く鳴き出づ不如帰の声遠ざかる夜のふけにして

不如帰鳴けば早苗を植ゑそめし農のならひも今ははるけし

小楢の若葉

海越えて早苗田こえて渡り来る風に小楢の若葉さざめく

小さなる柄長といへど立ち枯るる木のてつぺんに囀り止まず

微塵子

微塵子を採りにきたれる早苗田に早もきてゐる鴨の夫婦が

渦なして微塵子湧けり清らなる水のかすかに落ち来るところ

微塵子は何を食ふにやもろもろの餌とし生まれ来しみぢんこは

もろもろの餌と食はれむ微塵子の命はぐくむかすかないのち

パンダの命

たまきはる命といふは何ならむパンダの命微塵子のいのち

はかなかりしパンダの命しどけなく相悲しむも絆といふか

大津波も瓦礫の処理もかなたにてパンダ生れしをこぞり喜ぶ

党名は国民の生活が第一かきらきらネームとよくぞ言ひたる

赤ちゃんのパンダ死にしをけぢめなく嘆きゐしかど時は過ぎたり

韓国雑詠

円墳の緑を囲む芝のうへ羽ひるがへし鵲《かささぎ》あそぶ

単純に緑盛り上がる円墳の二つ並べりあをぞらの下

亡骸の王を囲みて葬られしをとめ五人の名は伝はらず

何となく親しきものか日傘さしソウルの坂を女過ぎゆく

ソウルまで真直ぐに続く六車線いよいよとなれば滑走路とぞ

早口に果てなく続く韓国語振り向けばやさしき日本語となる

南より北より侵されしとガイド言ふ南とはすなはち日本のことか

カムサムニダといへば微笑み返しくる朝コンビニに働く少女が

手作りのストラップ買へと迫り来ぬ日本人われらに狙ひ定めて

バーベルの青葉の蔭に置かれあり折りをりに来て人の上ぐるか

どこで覚えし日本語ならむ語尾強くそうぢやないですかあなどと言ふ

風わたる青葉の蔭の路に出でて栗鼠はしきりに頰を動かす

金峰山

森林限界越えつつなほし登りゆく木の根を摑み岩をつたひて

赤岳をはるかに望む岩のうへ癌の癒えたる友と憩へり

雲を抜く岩峰幾つ直ぐ立てて瑞牆《みづがき》山は北西に見ゆ

リュック下ろししばし休まむあを空に白樺の幹輝く下に

這松の低き茂りを渡りくる鋭きひと声は何鳥ならむ

ふたつ国境ひて続く岩の尾根甲斐より信濃に風吹き渡る

小川山のあをき肌への幾ところくろく翳るは雲にかあらむ

霜月雑詠

参道の溝に散り敷く落葉のうへ蝮《まむし》の赤子動くともなし

おほかたは葉を落としたる楢の木に今朝はしきりに山雀の啼く

目の下につややかにあり山宮に今年はじめて落ちし椎の実

おにぎりのやうな優しさとは何ならむ妻が作りしおにぎり見つむ

参道に少し口開け落ちゐたり薄紫の通草ひとつが

椎も杉もみんな黙つて立つてゐる朝明けの杜にひとりに入れば

あさましく悲しくさびし白鳥が来てくださると言ふを聞きたり

人生下り坂最高とつぶやきて坂下りゆく火野正平は

小さきものはみなうつくしと人言ひき母に甘ゆる子鼠のこゑ

朽ちゆく宮

朽ちかくる床に新しき茣蓙敷きて神を祭らむわれを待ちをり

拝殿を塒としたるハクビシン追ひ出だして祭りの座を整へぬ

この宮を代代護り来し十三戸四戸は老いのひとり住むとぞ

社さへ弱肉強食の世となりて小さき宮は斯くも廃るる

天井も床も傷みし山の宮にＣＤの越天楽高らかに鳴る

山の上に置き去りにされ朽ちゆくか護らむ氏子の家も滅びて

狩衣の下の白衣も汗に濡れ参列者五人の祭終へたり

何を心に

一円を岩に挟みて人去りぬ轟く瀧をまなかひに見て

谷隔てこともなく見ゆそばだてる岩に根を張る松の幾本

あの高き岩の秀《ほ》に坐禅せしといふ何を心に坐りしならむ

いにし世に僧覚円が坐禅せしひとつ岩峰に日が差してゐる

岩の秀に坐禅せし心をわれは思ふ荒唐無稽と人は言ふとも

妻の歩に合はせくぐりぬひとところかへでの紅葉華やぐ下を

夜も昼も水とどまらず両岸にそばだつ岩を石を削りて

磐戸の里

鐘楼に立てばさへぎるものはなし秋の霞に起き伏す山やま

先生も戦より帰り聴かれしか南牧川のこのせせらぎを

この谷の奥は磐戸か先生が戦後二とせ住みし里なり

絶ゆるなく瀬音の聞こゆ明け遅く日暮れは早き磐戸の里に

丹波山村《たばやま》

絶ゆるなき瀬音の中に昼告ぐるめだかの学校のチャイム聞こゆる

頂上は寒くて寒くてと言ひあへりわれも行きたしよ雲取山に

再び会ふことはなし籠にあまる白菜を背に過ぐる媼も

鋪道より見下ろす丹波山中学校廊を行き交ふ子らの影なし

新しき牛馬供養の碑も見つつし下る丹波山村に

かさかさと音する見れば親を追ひ子猿駆けゆく黄葉の下を

平成二十五年

夜爪

つくづくと見ればなるほど不思議なり日に日に伸ぶる人間の爪

四つ足に野山を駆けし名残にか人間われの足に爪あり

手の爪は痒きところのかけれども何の能あるわが足の爪

足の爪手の爪合はせ二十個が日日に伸びゆくわが知らぬ間に

手の爪は弱き人間の武器なるか搔きつ搔かれつ戦ひにけむ

もろもろの罪を犯して遣らはれし荒ぶる神は爪を抜かれき

遠世より習ひと伝へこしかども夜爪を忌むは何のゆゑよし

頑なに夜爪ははばかるわがかたへ妻は臆せず夜《よる》つめを切る

師走の杜

伐るべきか伐らざるべきか山宮の椎の太枝《ふとえ》はわれを悩ます

四十雀何をしき啼く右ひだり椎の小枝に身をふりながら

チェーンソーの歯を研ぎゐたり暖かく日の差す草にひとりしやがみて

枯れ木一本やつと倒しぬチェーンソーの切れの悪さに腹立てながら

倒れ木をひたぶるに断つしづかなる杜にチェーンソーの音響かせて

小さきは小さきなりに黄葉せりわが目の下の黄櫨《はぜ》のをさな木

猫のかたへ

首輪には携帯番号記されて家猫こまはいづくいでゆく

おもむろに低く身構ふる猫の先日当たる畑に雀があそぶ

猫は家に犬は主になつくとふ家猫こまは抱けば囓る

わが布団も猫の塒か夜更けてのそりのそりと入りて来たりぬ

歌ひとつなかなか出来ぬに苦しめり何悩むなき猫のかたへに

駒打つ音

山宮にひと日聞こゆる我が友の椎のほだ木に駒打つ音は

ひたぶるにほだ木に駒を打つわれら皆薬飲む朝に夕べに

このほだ木担ぎてみせむ腰を病むわれといへども見くびるなかれ

ひたぶるに友は駒打つ一輪車にわれはよろよろほだ木を運ぶ

五十五年の交はりは稀といふべきか幼きころより五十五年は

椎のをさな木

わが里に春は来向かふ海風に椎の葉騒ぐ日日の続きて

この杜に春は近きか栗鼠の影たまゆら椎の幹をはしりぬ

諏訪山をつつみて春を呼ぶ雨にすくすく伸びよ椎のをさな木

台北雑詠

蔣介石の像守り立つ衛兵の何を見据うる瞬かぬ目は

前にうしろに幼子乗せて走り過ぐ轟くバイクの群の中にて

トタン屋根の軒に干物下がる見ゆ高層ビルのひしめく下に

銃下げて身じろがず立つ衛兵を児はまじまじと仰ぎ見てゐる

原色の果物並ぶ夜の市の眼つぶればまた浮かび来る

手を合はせ何をつぶやく開眼の金の仏に見下ろされつつ

促され祈れといへば祈るなり異国の寺にわが健康を

思ひ思ひに供物を持ちて帰りゆく長き祈りの終はりたる後

淡水の淀む水面を背にしつつ男いつまでもオカリナを吹く

金ぴかの面より黒く鬚垂らしわれを見下ろす青空を背に

朝風の通ふ木陰に目を閉ぢて立つ人見れば気功してゐる

再狭窄

恐れゐし冠動脈の再狭窄淡たんとして医師われに告ぐ

冠動脈の一つがつまりかけてゐる画像まざまざと今我は見ぬ

「フォローしながら生きれば八十歳は楽勝です」若き医師言ふわれを見つめて

たまきはる命限らるるごとくにも聞きをり冠動脈再狭窄を

ぽんこつとなりたるわれの冠動脈ステント入れて保つといふか

朝の浜

しみじみと見るは幾十年ぶりならむ浜豌豆の深きむらさき

砂浜もいつしか消えぬこのあたり浜木綿白く咲きてゐしかど

ひたぶるに腕振り歩み来る人も身のいづこかを病むにかあらむ

長生きをせむと朝より人せはし犬曳き腕振り園を往き来す

浜鴫は走る止まりぬ波に濡るる渚の砂に影さしながら

渚べに降りてただちに砂突《つつ》く浜鴫は脚より太き嘴にて

鮮やかに黄菖蒲咲けり色淡き浜大根の花に隣りて

堤防に屯している鳩幾羽老人《おいびと》の撒く餌を待つらし

砂の上に黄に這ひ群るる花の名を聞けばこたへぬコマツヨヒグサ

草あひに見え隠れしてよちよちと鴨は歩めり短き脚に

外来種といへどその名のゆかしけれわすれな草またコマツヨヒグサ

さりげなく

さりげなく今日の歌会に君言へり歌を素直に詠むは難《かた》しと

ひたぶるに素直なる歌作らむか素直にあらぬ歌多き世に

碑《いしぶみ》

何思ひ命絶ちけむたゆるなくさざ波寄する暗き浜辺に

青年が命を絶ちし草の上いつしかも小さき碑の立つ

「たくさんの思い出をありがとう」と刻みあり草のあはひに立つ碑に

ここに逝きしわが子の御霊慰むと母の建てけむこの碑は

碑に屈みて母の手向けしか供花はをりをりあふれゐたりき

命絶ちし青年も建てし母の名もこの碑は全く刻まず

その母も逝きたるならむ碑に手向けし花はにほひゐしかど

逝きし子もその母も忘れられにしか草に小さく碑《ひ》は残りつつ

病室の窓

朝かげに光りつつ寄る波がしらサーファーは幾度もその波に乗る

窓に明るく海の光は満ちてきぬわれに手術の時迫り来て

病室の窓を一瞬よぎりたるつばくらめ二羽声もろともに

妻は勤めを三日休みぬ狭まりしわが冠動脈一本ゆゑに

波の上に立ち上がるサーファーの黒きかげ影はさながら喜ぶごとし

池塘いくつ青空映す雲の平われも行きたしよ病治して

右腕を熱がはしりぬ動脈を造影剤の通るときのま

ステンターの言葉あるとは知らざりきわれもさしづめその一人にて

隣り合ひ仲良く過ごせ冠動脈に留め置かれむステントふたつ

阿蘇

日の出より土を起こして人せはし隣る畑《はた》には狐があそぶ

いちはやく鵬ひとつ鳴く朝雲を払ひて阿蘇あらはれぬ

丘のうへよりわれは見下ろす草千里に馬五六頭駆け出すところ

草千里にたたふる水のひとところさざめく見れば風わたるらし

米塚《よね》とふしをらしき名をつけられて火を噴きし山もただ草の丘

さへぎりもなく光差す阿蘇の丘草食む牛は時に頭《かうべ》あぐ

身罷りて三十七年歳月は君の行年こともなく越ゆ

窓に迫る鋭《と》き岩峰は根子岳か君も仰ぎけむ朝に夕べに

緋袴

「ごくらうさまでした」巫女らの声明るし暮れゆくおふだ授与所の中より

参道を緋袴ゆらし帰りゆく今日の勤めを終へし巫女らは

連れ立ちて巫女らすぎゆく白紙《しら》に肩を越えたる髪を束ねて

帰りゆく巫女のひとりが肩にかくる白きふくろの中何が入る

いち日のほてりの残る玉砂利を踏みつつ妻とけんかしてゐる

銅葺の御《み》屋根の反りのたをやかに社は立てり火の山のもと

この鹿も神の使ひか植込の新芽食ひつつこちら見てゐる

しら木の宮

お白石を山と積みたる奉曳車ひかれむ時を今かとぞ待つ

のびやかに高らかに響く木遣歌お白石曳く時は迫りぬ

きしみつつ動き始めぬ千人がこころ一つに綱を引くとき

奉曳車揺らぎつつゆく大板に「太一」の文字を高く掲げて

御正宮の間近に置かむお白石しら布に包みわが捧げゆく

まなかひにわが見るものか檜の香まとひて立てる伊勢の新宮《にひみや》

仰ぎつつ友も声あぐ正宮の御《み》屋根の萱のこのぶ厚さに

萱葺を支へて太く直ぐたてり土を穿てる棟持柱《むなもちばしら》は

高欄に据ゑし五色の座玉《すゑたま》のひとつは照らふひたくれなゐに

直線は美しくまたいさぎよし間近に仰ぐ新宮の千木

土深く穿ちて立てし宮柱しら木の肌は真日につやめく

遠つ代の倉さながらに飾るなきしら木の宮ぞ尊かりける

おのづからもろ手合はせぬ神いまだ遷りたまはぬ新宮ながら

萱葺に掘立柱の宮造り千年を超えてなほし新し

遷御《せんぎょ》

遷宮の夜は曇りとぞ絹垣《きんがい》の中をやすらに遷らせたまへ

遷宮の再興に一生《ひとよ》をかけましき慶光院守悦また清順周養

こほろぎの声は止むなし謹みて遷御のときを待てるしばしを

御扉は今し開かむ浄闇《じやうあん》の夜をこそ響け鶏鳴三声

遠き代のさながら今宵聞こえきぬ遷御を告ぐる篳篥《ひちりき》の音は

篝火の幽かに照らす浄闇を絹垣しろく遷りたまへり

遷りゆく御霊を和めまつらむと神楽の笛は止まず聞こゆる

浅沓に板踏む音はややに乱れ遷御の列は階くだるらし

内宮の杜に新月昇る夜新しき宮に神鎮まりぬ

きよらなるひと夜は明けしすがしさや宇治橋をわたる人絶え間なし

若きらは立ちて頭を下ぐ新しきしら木の鳥居くぐらむとして

円座

夏まつり三つ終へきぬ顎の下にむすぶ掛緒《かけを》も汗に湿りて

袴の裾みづから踏みて立てざるをうしろにて誰か笑ふ気配す

立ちて坐りすわりては立つこの作法なしうるやいなや一年の後

笑つてはわれも居れぬよ腹がつかへ拝ができぬと友が言ふなり

瓶子《へいし》の蓋開くれば神酒はかをり立つ晴れて風なき今日の地祭

祝詞よむ声もかすれぬ続けざまに祭を三度仕へ来たりて

六十二歳の身はよろめきぬ円座より膝に進みて立ち上がる時

立礼《りふれい》は膝にやさしと人いへどわれはあくまでも坐礼に拘る

つづけざまに祭典ふたつ終へし日の夜は必ずいたく脛痙る

地鎮祭

たちまちに風に飛びたり災の及ぶなかれと撒く切麻《きりぬさ》も

尾《を》頭《かしら》付の鯛献ぜよと言ひしかどこの施行主はするめ持ちきぬ

玉串を渡さむとするわれの手が一瞬若き母の手に触る

祭壇に向かひて拍手する母にならひて打ちぬいとけなき手が

カメラひしめく

靖國に寝てる連中とこともなく評論家某氏言ひはなちたり

ヤスクニヤスクニと繰り返すこのキャスター靖國神社となぜに言はざる

参拝する首相撮らむとこぞりをり上空にけたたましくヘリを飛ばして

憚りを知らざる者ら昇殿する首相撮らむとカメラひしめく

平成二十六年

清き流れ

旅の夜に隣りて寝ねし面差のさながら眠るしろき棺に

宮司継ぐと君帰りきぬ営業に昼も夜もなき日日と別れて

はからずも遺影に今し見るものか狩衣着けし君がすがたを

継ぐ子なき苦しみはつゆ言はずして酔へば歌ひき「清き流れ」を

こともなく余命三年と言ひたりし君の面わは忘れざらめや

如月雑詠

清すがと山宮の杜を吹きてゆく風はさながら海に向かひて

井戸ふたつ埋むるみ祭仕へむか霙ふる更地にひもろぎ立てて

狩衣も烏帽子もみぞれに濡れゐつつ禍《まが》を遣らはむ切麻《きりぬさ》をまく

境内に出でたる狸掃きためし落ち葉掻きわけ何を食ふにや

少女ジャンパー

天才ジャンパーとまた煽り立つ舌足らずにはにかみて話すこのをとめ子を

担はさるる重さに拉《ひし》ぐるごとくにも少女ジャンパーの面はこはばる

着地せし後に小さく屈みたる少女ジャンパーのつかのま映る

メダル取れぬままに終はりし高梨沙羅ひしめくカメラの底に小さし

大狸

十メートルを隔てて狸と睨みあふ朝霧うごく山の畑に

山宮の畑も狸の縄張りか逃ぐるともなく藪中に消ゆ

たちどまりわれを見つむるこの狸毛並つややかによく太りたり

何を食ひ太りしならむむくむくと身を揺すりつつ狸去りゆく

山畑に現れしこの大狸ねぐらに待たむ妻子のありや

椎の林に

明け方の椎の林に降りいづる雨はかすかなる風をともなふ

南より時雨はくるか街へだて向かふ城山のけぶらふ見れば

あたたかく時雨降り出づる朝の宮柄長は桜の枝うつりゆく

梟は向かうの山に移りしかほろすけほうとかすかに聞こゆ

この杜に今朝は聞こゆる風交じり椎の葉に降る時雨の音は

夕べしづかに降り出でし雨春を待つ山宮の杜籠めて降るらむ

突発性難聴

一瞬にしておとされぬ嵐なす耳鳴りと激しき目眩の中に

ふらふらと病棟の廊を歩み行くあやぶむ視線にさらされながら

「聴覚はたぶん回復しないでせう」医師こともなくわれに告げたり

はからずもわれはなりたり発症率三千人に一人のなかに

一瞬に右耳の聴覚を奪ひたる力はなんぞいづくより来し

三半規管損なはれしゆゑの目眩とぞわが脳の再生作用ひたに頼まむ

竹の子

竹の子前線といふ語あるとは知らざりき四月半ばの雨あたたかく

夜深く来し先客は猪か篁のなかに穴いくところ

掘りしばかりの竹の子ことにうまからむ猪は大き糞を残せり

おこぼれに預かるごとく今し掘る猪《しし》がのこせる竹の子ひとつ

竹の子といへども愛し猪の牙を逃れてよく育ちたり

雉子

くれなゐの頰あざやかに畦に立つ雉子はしばらくわれを凝視す

畦草に触れむばかりに尾を伸べて雄雉子は立てり朝のひかりに

畦草を分きてひとりに歩む雉子きのふも独り歩みゐたりき

雪消の水

ぶなの木の巡りの雪の解けゐるはぶな自らの温みのゆゑか

深閑と雪のなぞへをかけあがる芽吹きに遠き山毛欅《ぶな》の林は

積む雪の断面何かあはあはと動くと見れば妻の影なり

夜をとほし屋根より雪の落つる音わが家には絶えて聞かざりし音

雪山に沈みゆく日に輝けり窓近く積む雪の尖端

熊笹を分きて流るる谷水のひたぶるにしていづくに向かふ

鳥海の雪の襞なほしろく見ゆ天をとざせる霞のなかに

揺らぎつつ松の林を渡りくる鐘は潮騒のなかにきこゆる

道を流るる雪消の水にゆきなづむ桜も散りし安房を発ちきて

沈む船

この海は自分の海と決めしかば攻めて押し寄せて忽ちに盗る

くづれやすき自らの性を知るゆゑに威張りちらすは人のみならず

憚らずわが国を泥棒と言ひふらす泥棒せむと企む国が

利発なる面わの女性報道官嘘も真実もみな知りてゐむ

沈む船に三百余人を閉ぢ込めてパンツのままに逃げ出すさまは

濁る海になす術もなく沈みゆく三百余名の悲鳴もろとも
あるは逃げあるは傍観しゐるのみ傾く船をまなかひにして

稚魚群泳

くれなゐの膚となりゆくおのが身を知るや知らずや金魚さ奔る

頂点眼とふいかしき名をば付けられて眼死ぬまで水面を見あぐ

ほこりかに泳ぐとも見ゆわれの眼に選ばれし稚魚二百尾あまり

微塵子に餌と食はるるものありや食物連鎖の原点にして

尾のひれのかた良き稚魚を選り分くと眼鏡を外し眼凝らしぬ

わが選りし金魚の膚に鮮やかに更紗模様の出づる待たるる

金魚飼ふはわきても楽し朝な朝な生ひゆくさまのありありとして

一列になりて稚魚らのはしりゆく朝かげとほる水のもなかを

新しく水を張りたる池のなか稚魚群泳のさまは見飽かず

自転車行

六万円はたきて買ひしこの自転車日野までパンクせずに保てよ

流線型ヘルメットかぶりすいすいと若きひとりが追ひ越して行く

若きらのあふるる横浜日の出町自転車止めて見回してゐる

今どこを走つてゐるのと妻のこゑ後ろに笑ふ声もまじりて

ほこりかに妻の早口に応へたり今追浜を通過中なり

コンビニの敷石のうへに腰おろしかき氷ふたつ続けざまに食ふ

ひたぶるにペダル踏みつつ四十キロ遂に来ぬ多摩川を見下ろすここに

波立てて速き流れの右ひだり野球場ありサッカーコートあり

泡立ちて汚水流れゐし多摩川も鮎遡上する川とかへりぬ

風かよふ堤の草に寝ころびぬ草に寝ぬるもたえてなかりき

朝あさに菜園に通ふは楽しきか多摩川の堤上り下りして

川隔てわれとしばらく併走せし自転車も堤の路より消えぬ

瀬に立ちて動くともなしあかね雲映る川面に竿出すふたり

登りきりし坂を一気にくだりゆく楽しくもあるか下り坂とは

ある日

二年《ふたとせ》は生きられざらむ鮎獲りてうましうましと人間は食ふ

けたたましく水上バイク奔る辺をみ祭終へてわが帰りゆく

一日に一万歩なほ歩くべし正しき坐礼を保たむがため

日本を攻める国などどこにあると指震はせてひとりが言ひぬ

島の灯

島いくつ浮かべて海はこともなしカーテンを引きしばらく眺む

霧雨の下にしづまる海見ればわが房州の海荒あらし

島の灯かすなどる舟か沖合に寄り添ふごとく灯る明かりは

沖合に低くかたまる灯を見れば島ありてわづかに人の住めるか

とぼとぼと狸も歩むことありや島から島へ　わたす架橋を

四万十川

激流になびきしままの姿にて柳に新しき緑芽吹きぬ

呑みつくしなぎ倒し濁流は迫りけむ山に降りたる豪雨集めて

濁流の過ぎてひと月沈下橋に児らはあそべり駆けてしやがみて

ひらめきて瑠璃色の鳥掠めすぐ四万十川の真澄む水面を

激流を何に堪へしか目の下を稚魚はさばしる右にひだりに

おほらかに蛇行して海に向かひゆくダムひとつ無き川の流れは

濁流のもろもろを流し去りしのち澄みてしづかなり四万十川は

纓《えい》のゆらぎ

冠をつけて参進する時しかすかに感ず纓のゆらぎは

前導につきて階《きざはし》のぼるとき浅沓《あさぐつ》の音ややに乱れぬ

本殿の御簾を上ぐればあらはれぬ光りを反す大き御鏡《みかがみ》

はばかりて誰も入らざる内陣を掃けばたちまち埃立ちたり

何となくこころはかろし袴の裾踏まずにけふの御祭終へぬ

懐に収めしはずの畳紙《たたうがみ》いつしか袍《はう》の中ふかく落つ

幾十年たちても拙きわが作法袴の裾をまたしても踏む

小牡鹿《さをしか》の声

蝮《まむし》恐れ百足を恐れ参道の溝に溜まれる落葉をすくふ

小牡鹿の妻問ふ声の響き来る夕べの宮に鍵閉めにきぬ

ひと夜吹きし風しづまりし朝の宮拝殿の奥まで日が差してゐる

わが里

玄関に猫抱くまま転びたる六十四歳を妻はあはれむ

出雲路に旅立つ神に祈らむかわが里にあまたの良縁給へ

神に供へしむすびもらふと集ひくる子らも今宵は三人となりぬ

独居老人第一号となるは誰絶えて嫁こぬわが里にして

音たてて椎は仆れぬ幾年を自が散らしたる落葉の上に

言ひがたきこの心地よさチェーンソーに立ち枯れの栗一気に仆す

オランダ坂

十年《とせ》経てひとり来たりぬ少女らと喘ぎ上りしオランダ坂に

車絶えしオランダ坂の石のうへ落葉幾ひら転がりてゆく

港より吹き上ぐる風に髪吹かれ撮りあふ少女らのかたはらを過ぐ

長崎の街を見放くるこの園にわが生徒らも撮りあひてゐし

思ひみれば楽しかりしかこの園を生徒らを率《ゐ》て上り下りき

オランダ坂に立ち止まり地図をひろげをり過ぎし日のわが生徒のごとく

健やかに生きをればよしこの園にわれを囲みて撮りし少女ら

生徒らも母となりゐむ十年経てわれはステントに生かされてゐる

故郷の友

幼なじみの友らと今宵酒酌むと八海山一升持ちてわが乗る

信州を旅ゆくわれら十二人去年《こぞ》逝きし友の写真もともに

安房に生まれ安房に終はらむわれらにて一つのバスに身は揺られゆく

夜を通し雪は積みしか雲を抜き雲より白しけふの甲斐駒

木造校舎を駆け回りしもはるかにて古里安房に共に老いづく

意地悪く嫌はれし彼も孫のゐて朝あさ学校に送りゆくとぞ

そのときの心は言はずまた聞かず癌乗り越えし友と酌みつつ

雪かづきたたなはる山のまぶしさよ幼なじみと共に仰ぎぬ

平成二十七年

二輪草

幸せねといふ声がする匙をもて九十《くじふ》の母に食べさせをれば

正月だから正月だからと繰り返し口開けぬ母に粥を近づく

赤ん坊にかへるといふはまことにてあんと言へば母は口開く

面寄せて誰かわかるとわが問へば母は向けたりにごる眼を

田に畑にひたぶるに働きをりしかど今は寝るのみの母となりたり

施設へと入らしめてきぬ車いすに眠りこけたるままなる母を

ベッドにて母がうたへる二輪草小さくなりしその声を聞く

猪《しし》の親子

くきやかに猪の足あとつづきあり雨あがりたる朝の斎庭《ゆには》に

夜の庭を猪の親子のよぎりしかうしろに続く小さき足あと

小さき尾を振りつつ母につきてゆく子猪もやがて畑を荒らさむ

拝殿のしたに独りに坐りをる猪がしばらくこちら見てゐる

泥棒猫

皿の上の煮魚にそろり寄るちびを泥棒猫と妻はさげすむ

雄猫につきてふらふら出でしままちびは帰り来ず雨のひと夜を

避妊手術受けさせむかと思ふ間にこの猫の腹はふくれてきたり

出産に備ふるゆゑと今ぞ知るひと日よく食べよく眠る猫

乳首八つ尖りて赤くなりたるを猫自らは知るや知らずや

わが猫を孕ませしはこの黒猫か玄関の隙よりをりをり覗く

苔庭

白砂《しらすな》を敷く広庭も廃れたりながきながき戦の果てに
応仁の戦の果てに廃れにし庭を隈無く苔の覆ひぬ

大写しすれば檜の森なして苔は起き伏す巌の上を

苔庭を掃くをたづきと四十年けふも黙して人は庭はく

善し悪しは苔にもありと人言ひぬ苔に散りたる落葉はらひて

苔庭のもなかに濁る池ながら鰭に水うつ緋鯉の色は

苔むせる岩のおもてに散る紅葉人はかすかに音立てて掃く

かすかなる水を吸ひつつ八十年生くる苔さへ ありとこそ聞け

苔庭のもなかに淀む池のうへ渡す木橋は厚く苔むす

岩も土も苔がおほへる庭なかをくねりて続く細き石道

ビンボフゴケといふは如何なる苔なりや木の根を厚くおおふゼニゴケ

芝枯れしあとにいつしか生ひいづる苔は降りつぐ雨にうるおふ

小さなる苔を住処とするものらクマムシセンチュウまたワムシなど

どこにでも苔は生ひいづ境内に向き合ふ獅子の阿吽の口にも

二百年にらみ効かせし狛犬のまなこも苔に見えずなりゐむ

わが子

ひさびさに良き日となりぬ就職の内定せし子と管とれし母と

二年経て子の就職の決まりたりおごれおごれも言はなくならむ

ふるさとに子は帰りきぬのんびりと田舎で暮らすなどと言ひつつ

朝起きて食べて背広を着て出づるわが子思へば楽しくもあるか

施設の母

「里の秋」のカセットかけて母とをり今はなにもかも忘れし母と

近づけば母はベッドに寝ねてをり日の射す窓に面向けながら

認知症進みたれども母は母小さくなりし額に手を当つ

いまごろは母の退院するころか介護タクシーに乗せられながら

今朝母がひと匙口にいれしとぞ治るきざしとわれはたのまむ

大漁祈願

玉串を捧げまつると進み出づ腰やや曲がる海女のひとりが

老ゆれども声に張りあり大漁を祈るときたる海女の幾たり

災ひの起こるなかれと幣振れり漠とひろごる海に向かひて

絶ゆるなく潮はさわぐ海を背に大漁祈願の祝詞よみつぐ

言ふことを聞かぬと嘆く移りきて海女になりたるわかき女を

よたよたと寄り来る媼らいく尋の海に潜らむ海女とも見えず

大きなる海女らの声も静まりてわが警蹕《けいひつ》の声はひびかふ

磯明けし白浜の海に聞こえゐむこもごも潜く海女の磯笛

伝馬船こぎつつ共に潜りにし幼なじみの一人も逝きぬ

蜥蜴《とかげ》を思へば

小さなる骨一本を折りしのみと友には言へど痛くてならず

ぽんこつとなるきざしにか転倒し肋骨一本たはやすく折る

小さき骨一本折りしのみなるに人間われは痛くてならず

自らの尻尾を切らせ逃げてゆく蜥蜴を思へば人はか弱し

二本足ゆゑに人間は転ぶなり猫のこけるを見たることなし

骨を折り初めて知りぬ思ひ切りくしやみのできるこの嬉しさは

母の眼《まなこ》

懐かしいにほひがすると言ひしとぞ運ばれて厨に入りたる母が

スプーンに母のわづかに水飲めば若き介護士は涙こぼしぬ

点滴にかすかに命つなぎゐる母がわれを見てけふは笑ひぬ

母の額《ぬか》に額当てて君は言ひくれぬ頑張らうねがんばらうねと

帰らむとして振り向けば寝ぬるまま母の眼はわれを見てゐる

息子さんですよの声に命迫る母は笑みたり頬をくづして

訪ふたびにわれはさやりぬ掌にをさまるほどの母の額に

母逝く

今際ちかき母の体をふきくれぬ介護士は幾度も声かけながら

風絶えし暁がたに電話きぬお母さまの息が止まりましたと

虫の知らせありとし聞けどひとりにて何知らすなく母は逝きたり

車いすも運動靴もおかれあり命つきたる母のかたへに

やすらかに逝きしと聞けど鼻の下かすかに赤くにじめるはなに

ふたりづつ箸に拾へる母の骨納むれば壺のなかばに満たず

父の辺に今はをるべし現身《うつしみ》をするりと抜けし母のたましひ

稲刈る音

暁にひとりに逝きし母なるかひと月を経て夢にも出でず

田を買ひてひたぶるに働きをりし母昼も帰らず稲刈りてゐき

稲刈りのなかばに母と憩ひしか海風わたる畦にしやがみて

母の里より歩み帰りしはいつならむ澄む小流れを母と越えにき

若かりし母が稲刈る音聞こゆ青空の下さくさくさくと

あとがき

第一歌集『椎の葉かげ』を上梓して五年が過ぎた。この五年間は東日本大震災を経験した我が国のみならず、私生活上も退職、心臓疾患による入院、母の死等何かと起伏の多い日日であった。この間書き留めた歌が二千首を越えたので、この際一冊にまとめることとした。改めて読むと私の作歌信条とする写実に進歩の跡が見られないのに内心忸怩たるものがあるが、歌域が多少なりとも広がったことだけは自負してよいのではないか。

私が神職として奉仕している諏訪神社は、標高八十メートルの諏訪山の山上に鬱蒼とした椎の大木に囲まれて鎮座している。椎は四月の末には一斉に古葉を落とし輝くような若葉の季を迎える。房総半島南端の四季の移ろいの中で、私の心を最もひきつけて止まない季である。よって歌集名ともした。

口絵を前著と同じく畏友岩佐立一朗氏の作品で飾ることができたのは望外のことであった。
おわりに出版の労をおとり下さった現代短歌社社長の道具武志氏、歌集をまとめるに当たり、細部にわたり懇切丁寧にアドバイスを頂いた今泉洋子氏に心より感謝申し上げる。

平成二十七年十月五日

加茂信昭

著者略歴

加茂　信昭（かも　のぶあき）

昭和26年（1951）　千葉県館山市に生れる。

昭和51年（1976）「青垣」に入会し、橋本徳壽に師事する。

現在「青垣」編集発行人

歌集 椎の若葉　　青垣叢書第242篇

平成28年1月15日　発行

著者　加茂信昭

〒294-0051　千葉県館山市正木1366-2

発行人　道具武志

印刷　㈱キャップス

発行所　現代短歌社

〒113-0033　東京都文京区本郷1-35-26

振替口座　00160-5-290969

電話　03（5804）7100

定価2500円（本体2315円＋税）

ISBN978-4-86534-137-9 C0092 ¥2315E